DIBUJANDO EN EL CAMPO

Jairo Buitrago + Rafael Yockteng

ALDANA LIBROS

GREYSTONE KIDS

VANCOUVER / BERKELEY / LONDON

Nuestra escuela no tiene casi nada. Un pizarrón, unas sillas.

Tiene una maestra. Allí está siempre, en la puerta de la escuela esperándonos en la mañana.

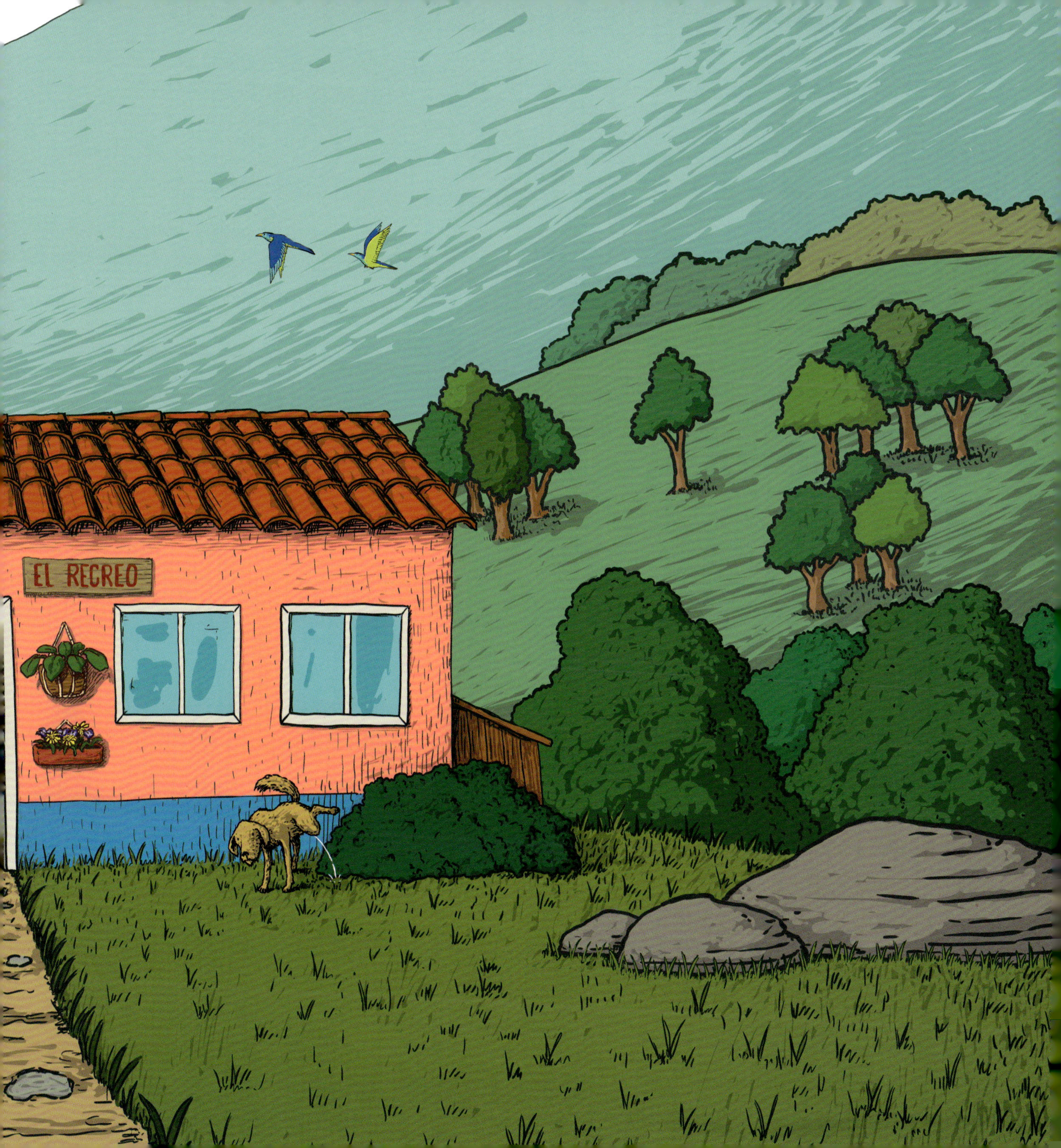
EL RECREO

Para los que no saben llegar puedo explicarles donde queda:

Mi escuela está entre dos montañas,

cerca de un arroyo,

en medio de la nada.

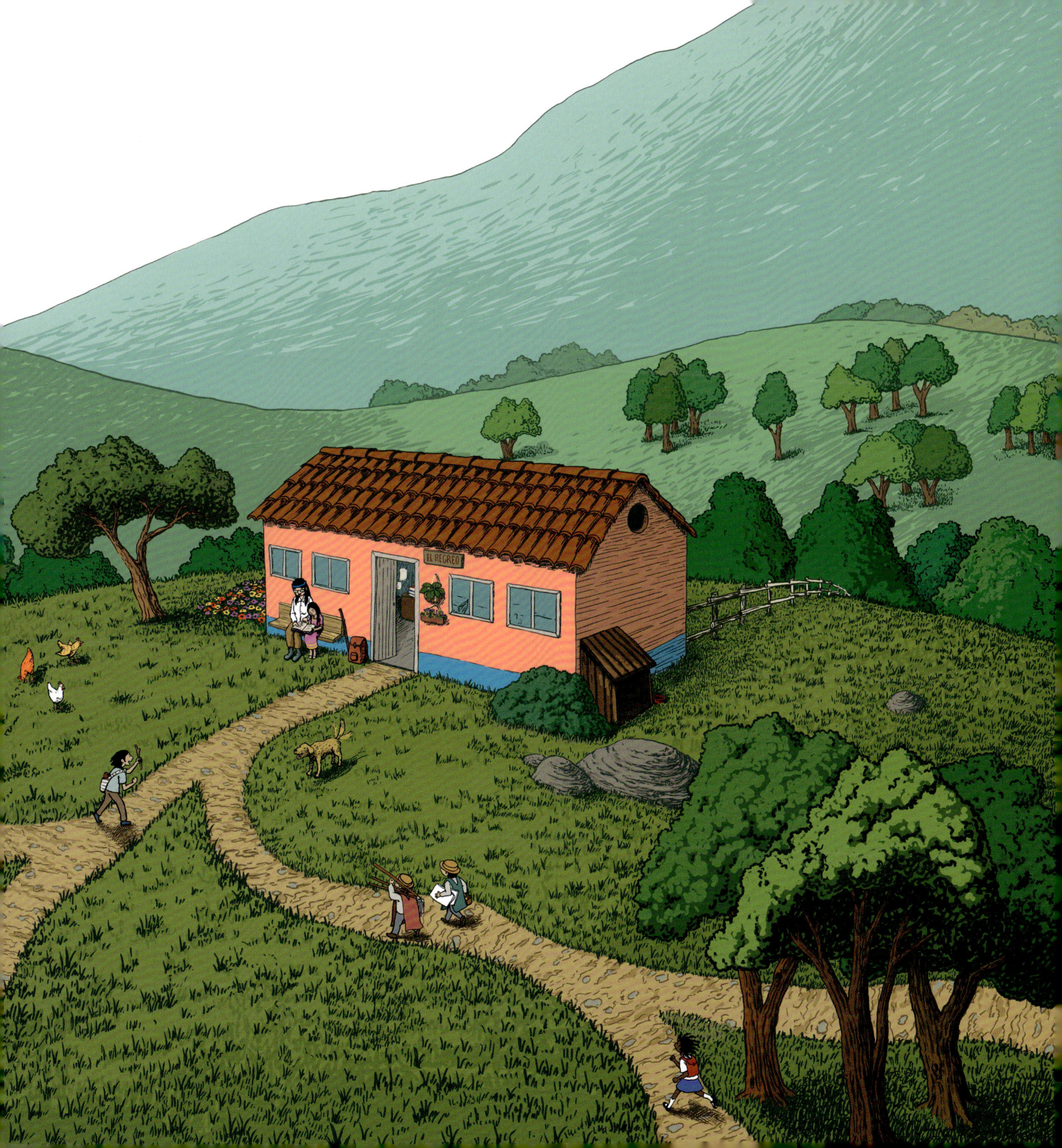
EL RECREO

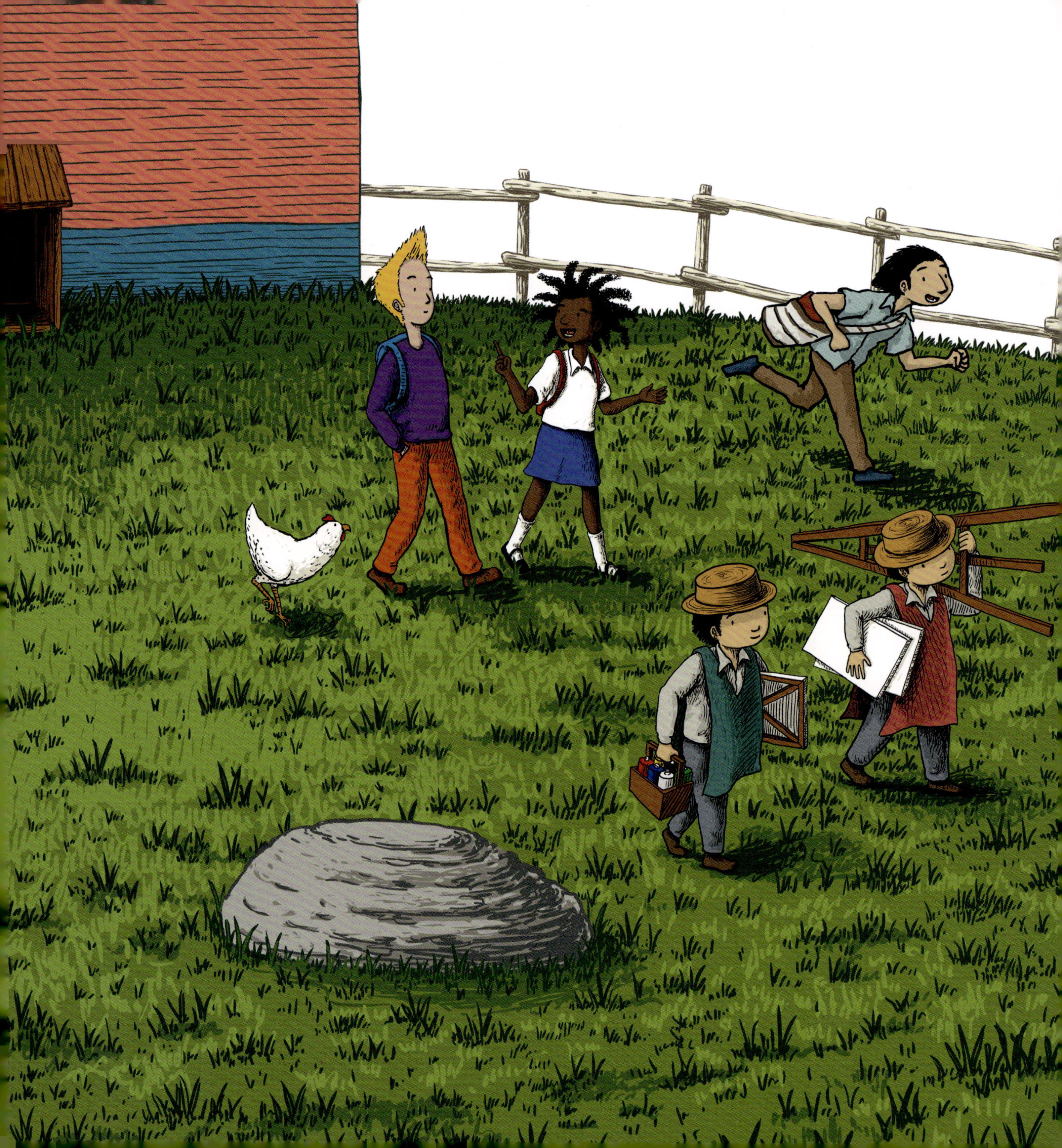

Hoy nos dice la maestra que la clase será afuera.

Somos exploradores, tenemos papel, tenemos crayones.

Hasta esos dos niños que son gemelos y vienen caminando desde muy lejos, aunque no les guste la escuela, quieren ir con nosotros a dibujar al campo.

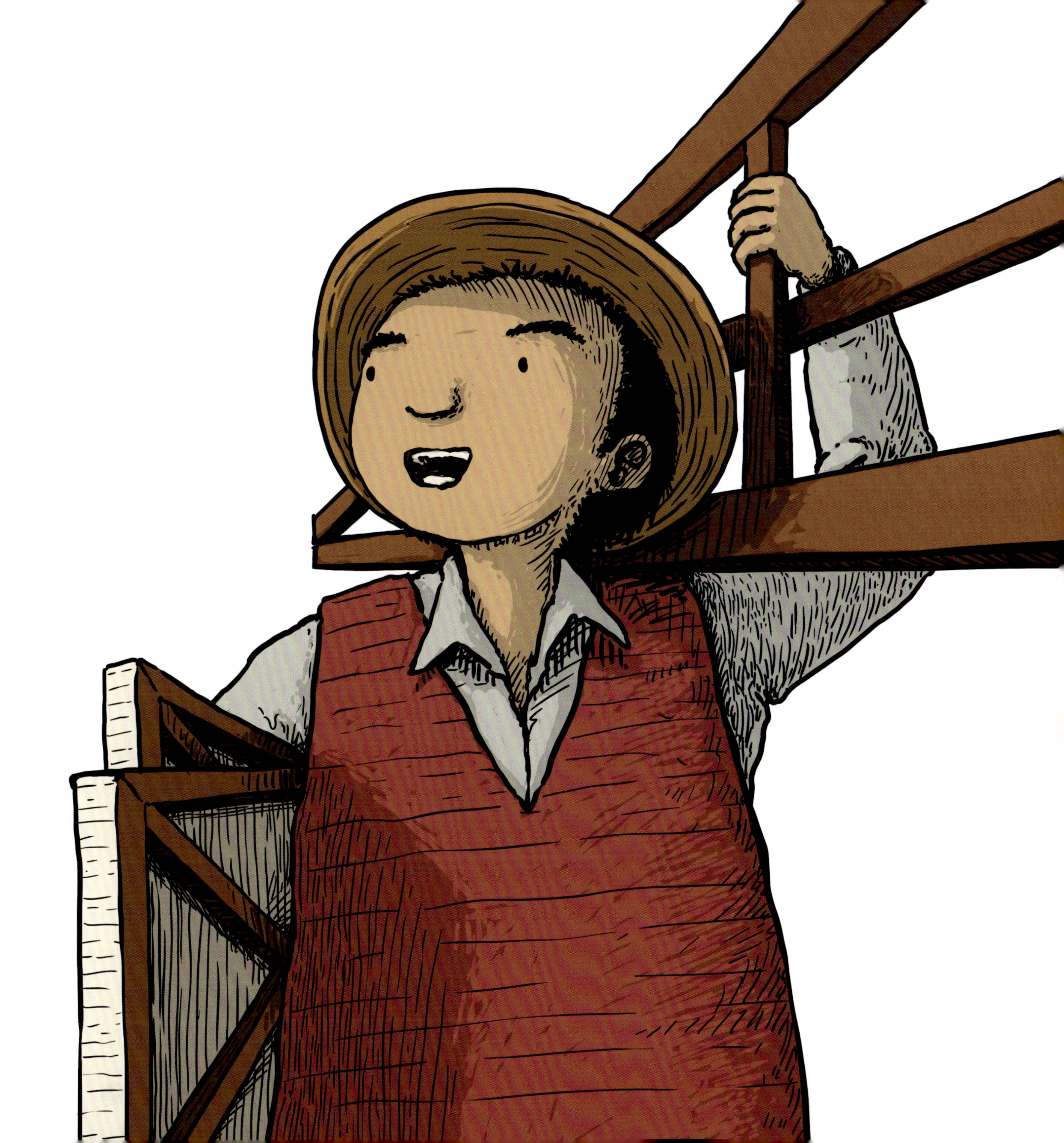

—¡Miren! ¡Allí en el arroyo está un Brontosaurio!
—nos dice la maestra—. Vamos a observarlo con cuidado.

—¡Allí está!

—¡Sí! ¡Allí está!

—¡Miren! ¡Allí, en la gran roca está un Triceratops!
—nos dice la maestra.

—¡Triceratops!

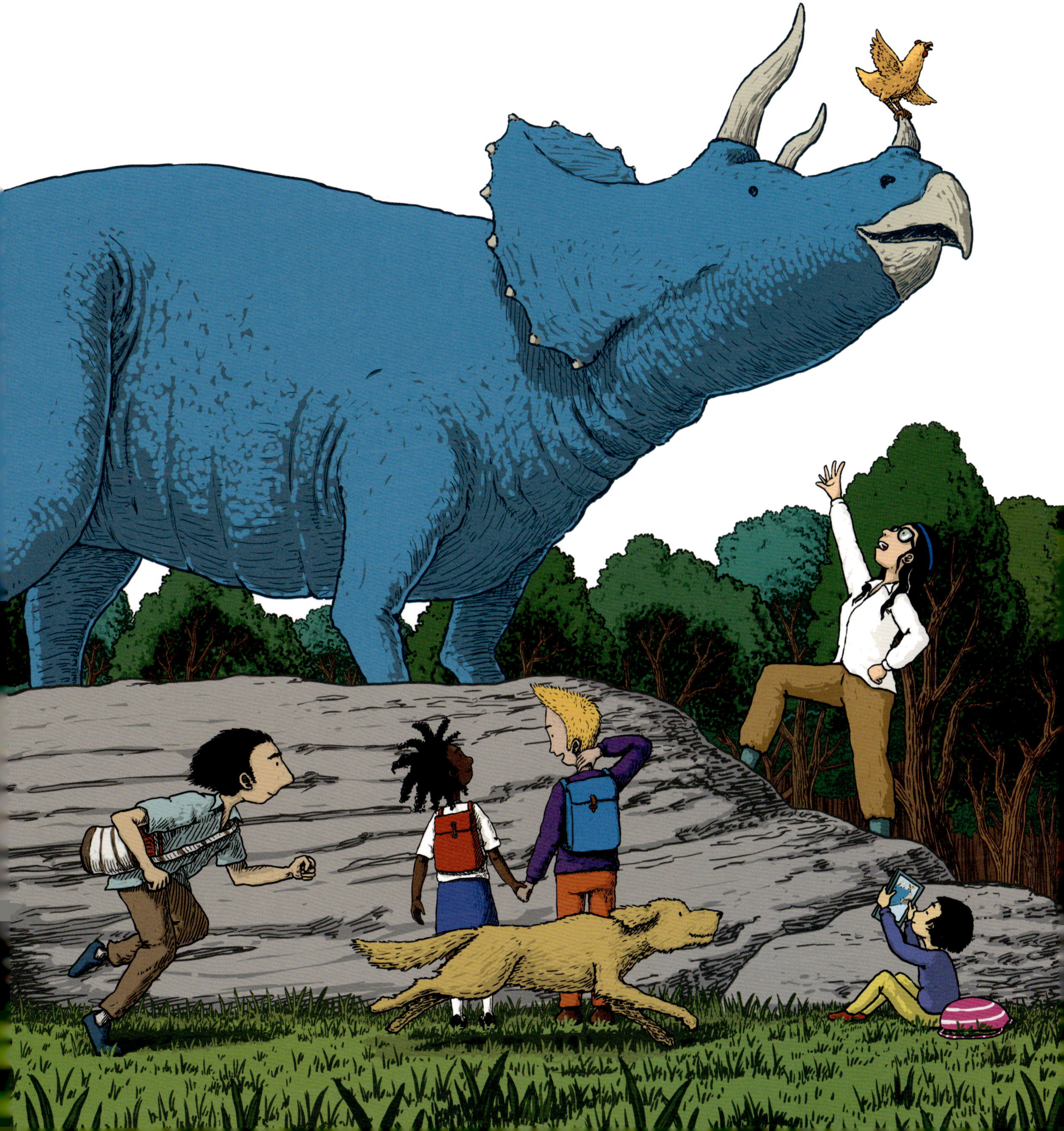

—¡Shhhh! Silencio... —nos dice quedito la maestra— allá oculto entre las piedras está el Estegosaurio.

—¿Qué es un Estegosaurio? —preguntan los gemelos.

—Es ese que está allá que tiene rocas en el lomo —les explico.

—¡Ooooh! —dicen. Y se ponen a dibujarlo en silencio.

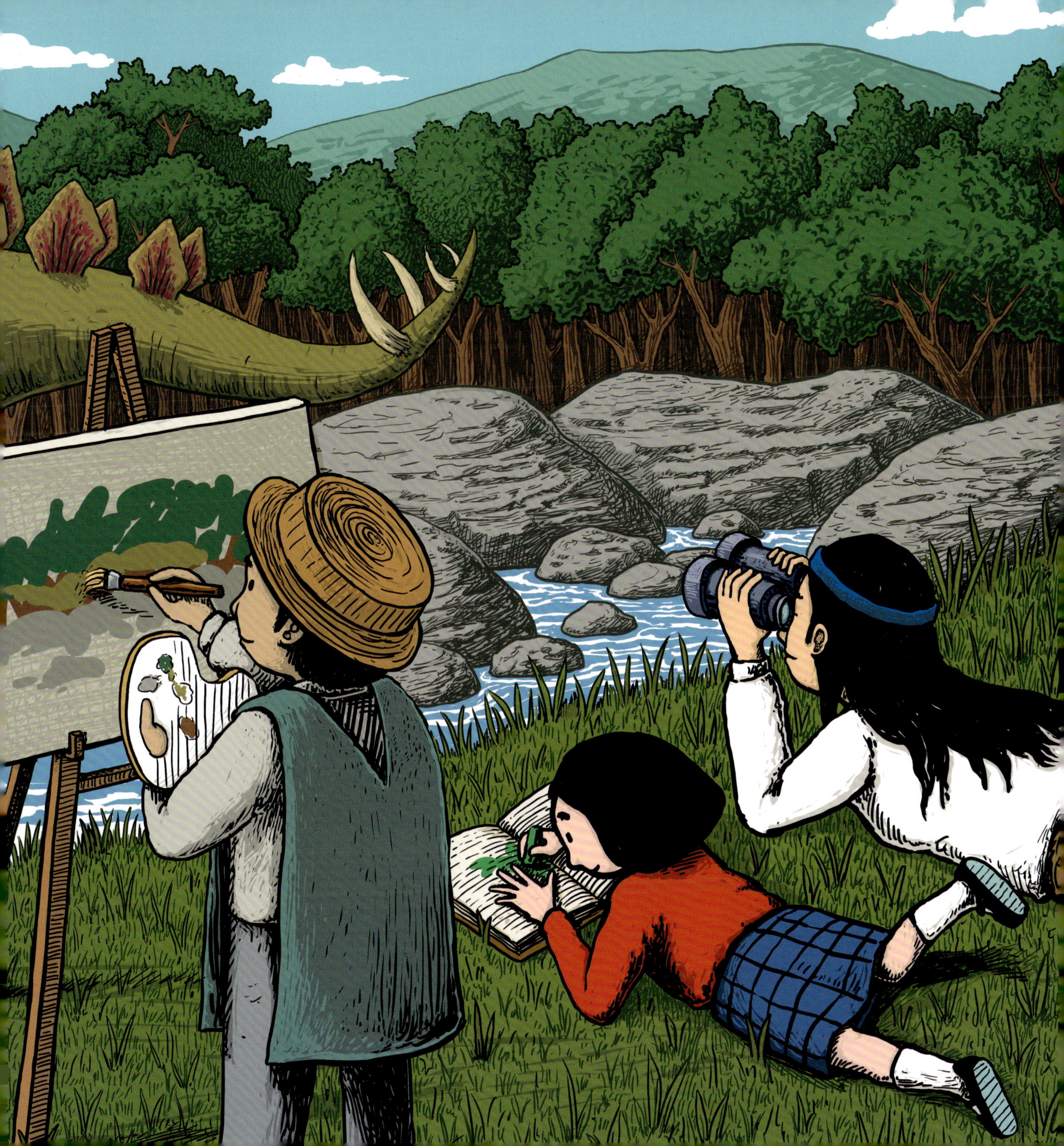

El cielo se oscurece.

–¿Qué ha sido eso?

–¿Ya viene la tormenta, maestra?

–Miren allá arriba, los Pterodáctilos tapan al sol.

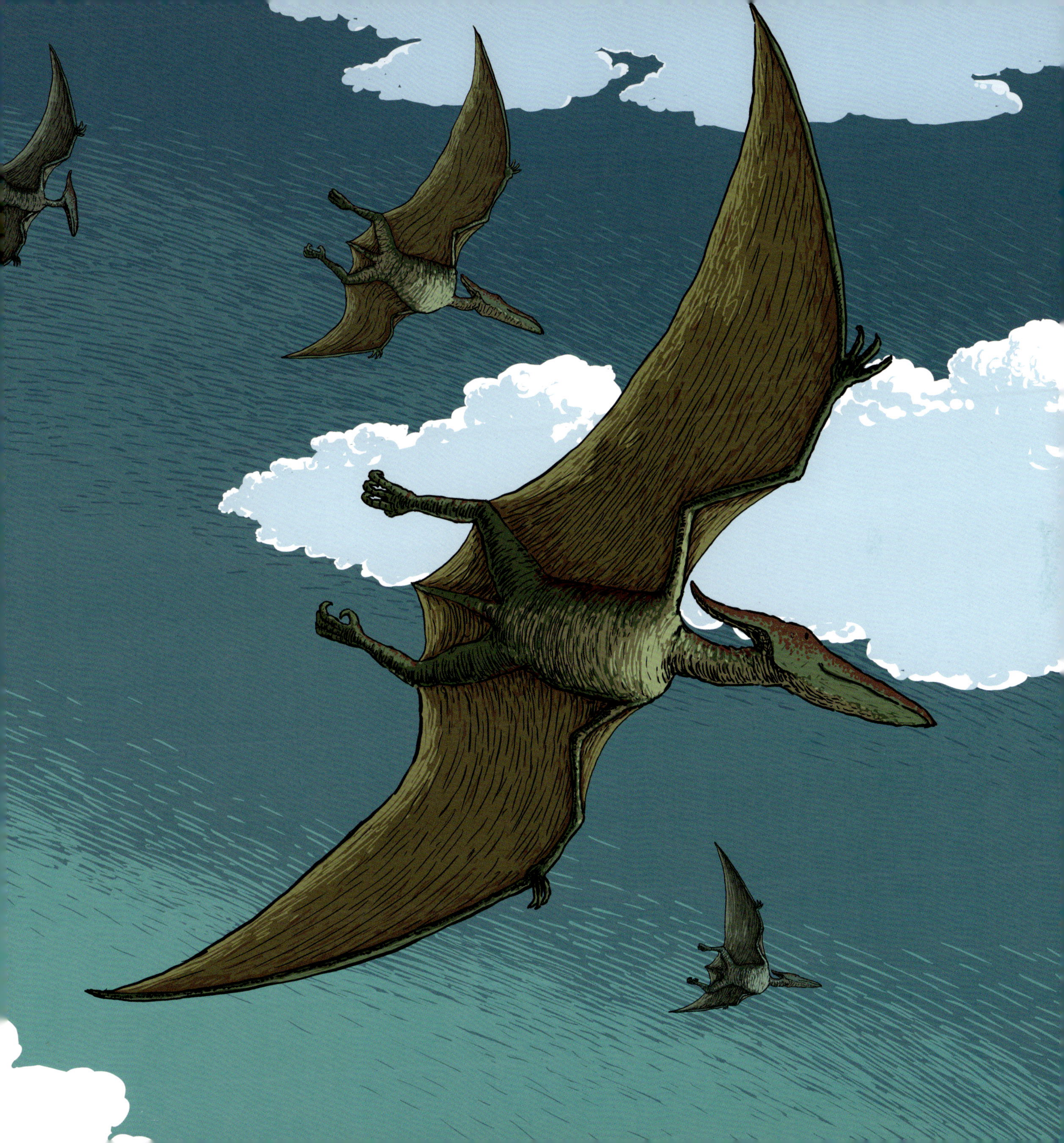

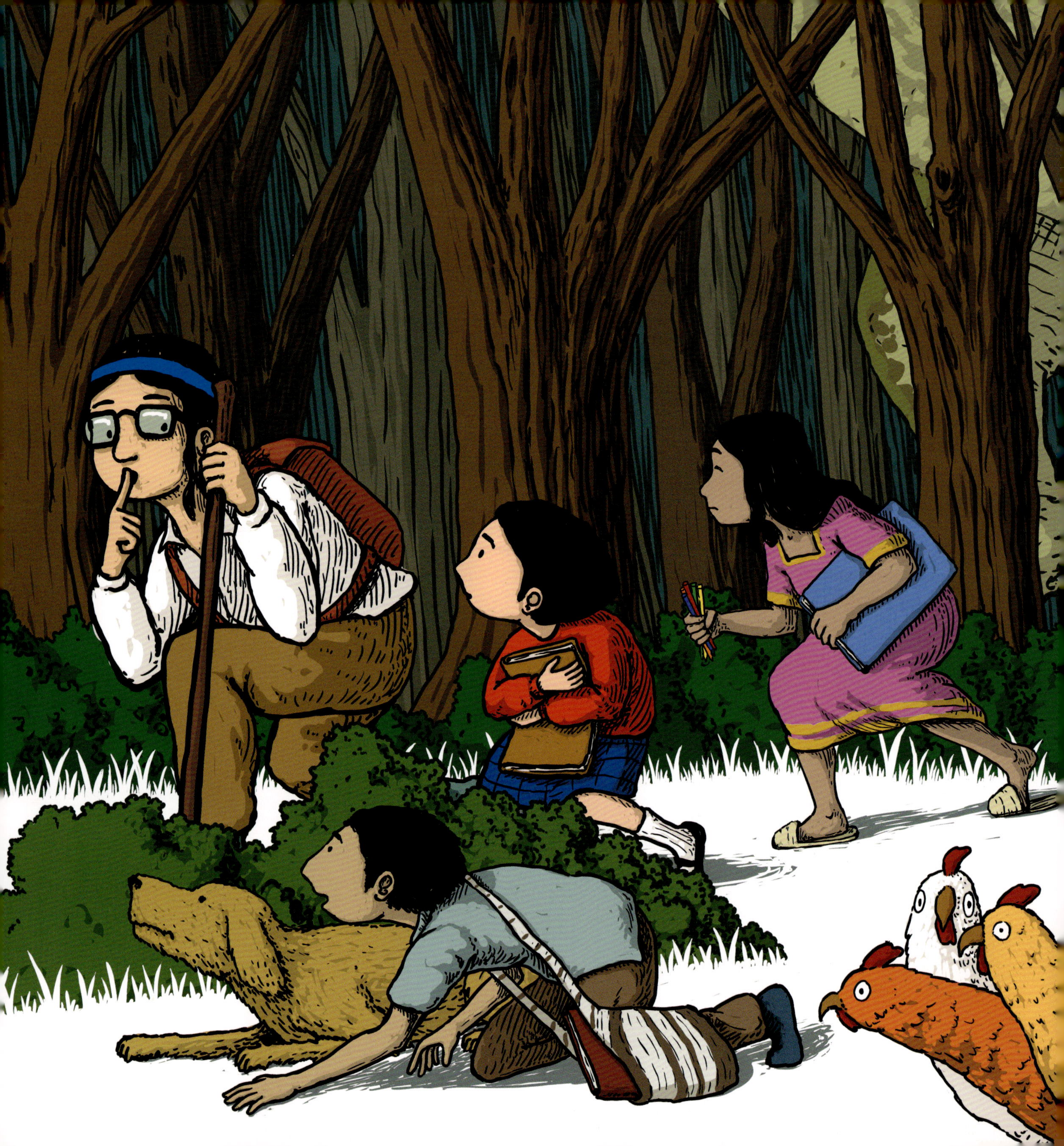

De repente, se levanta un viento que mueve los árboles.
Retumba la montaña y los pájaros dejan de cantar.

—No hagan ruido, es peligroso —nos dice la maestra.

Nos agachamos con cuidado sin dejar de vigilar el bosque.

—Allí —dice Juana.

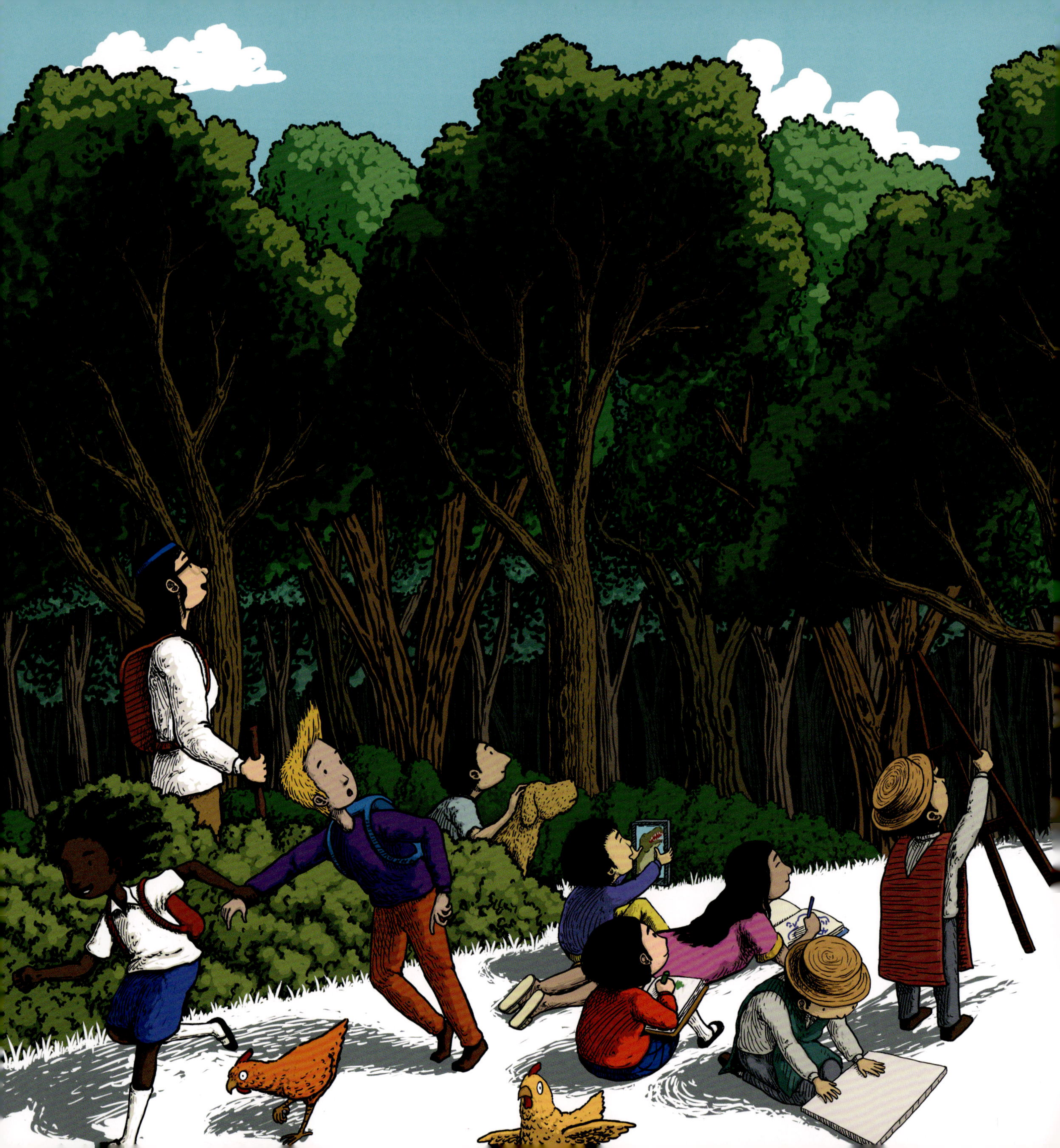

¡Está rugiendo en medio de los árboles! ¡Un Tiranosaurio Rex!

Algunos corren de regreso a la escuela.

Solo los valientes se quedan a dibujarlo.

Luego nos sentamos en un tronco, tan grande como un Anquilosaurio, a comer la merienda.

Y hemos visto una ardilla.

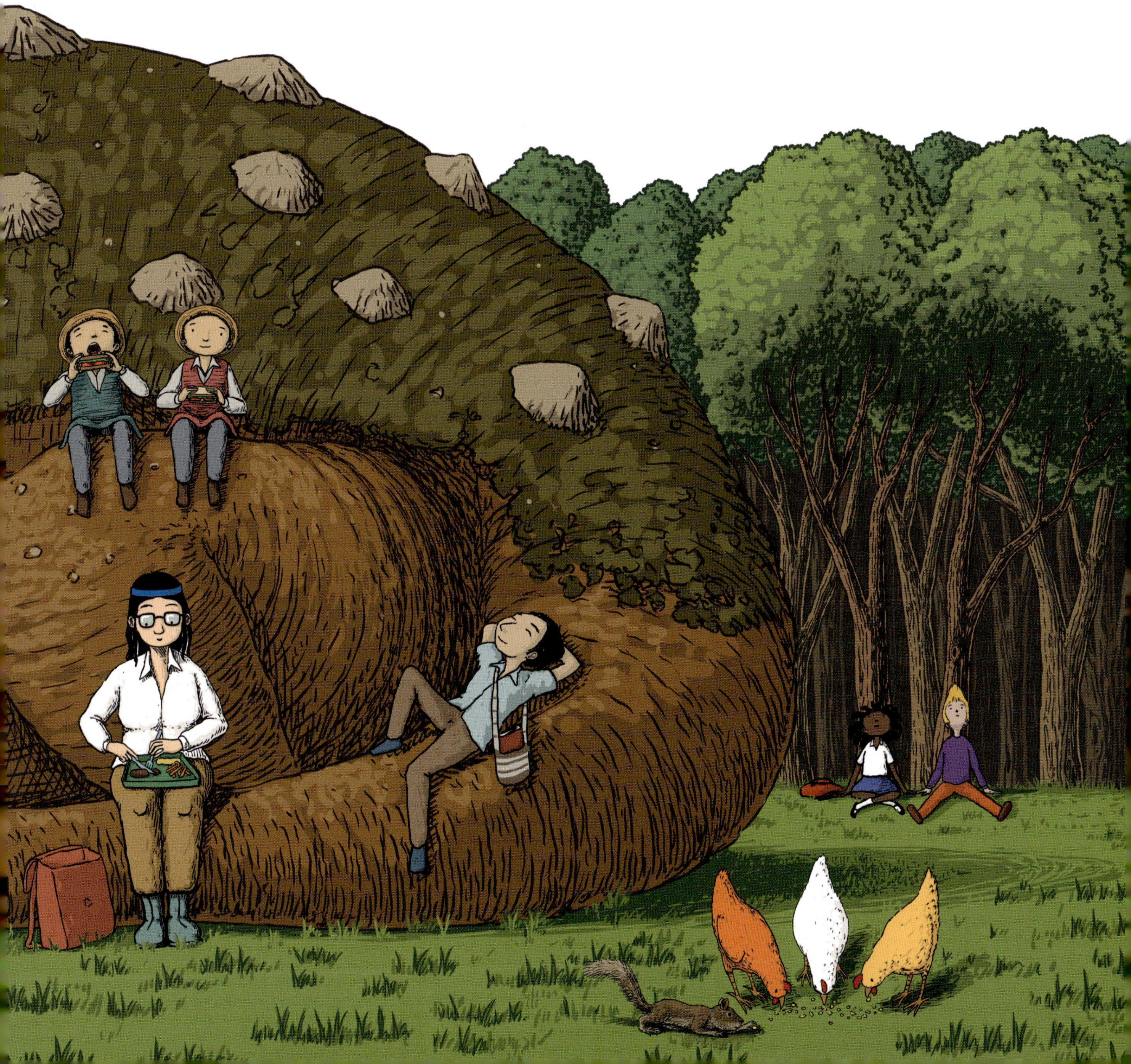

Cuando estoy lista para volver a casa, tengo muchos dibujos. Estoy cansada y tengo las mejillas rojas. La maestra me dice adiós, desde la puerta.

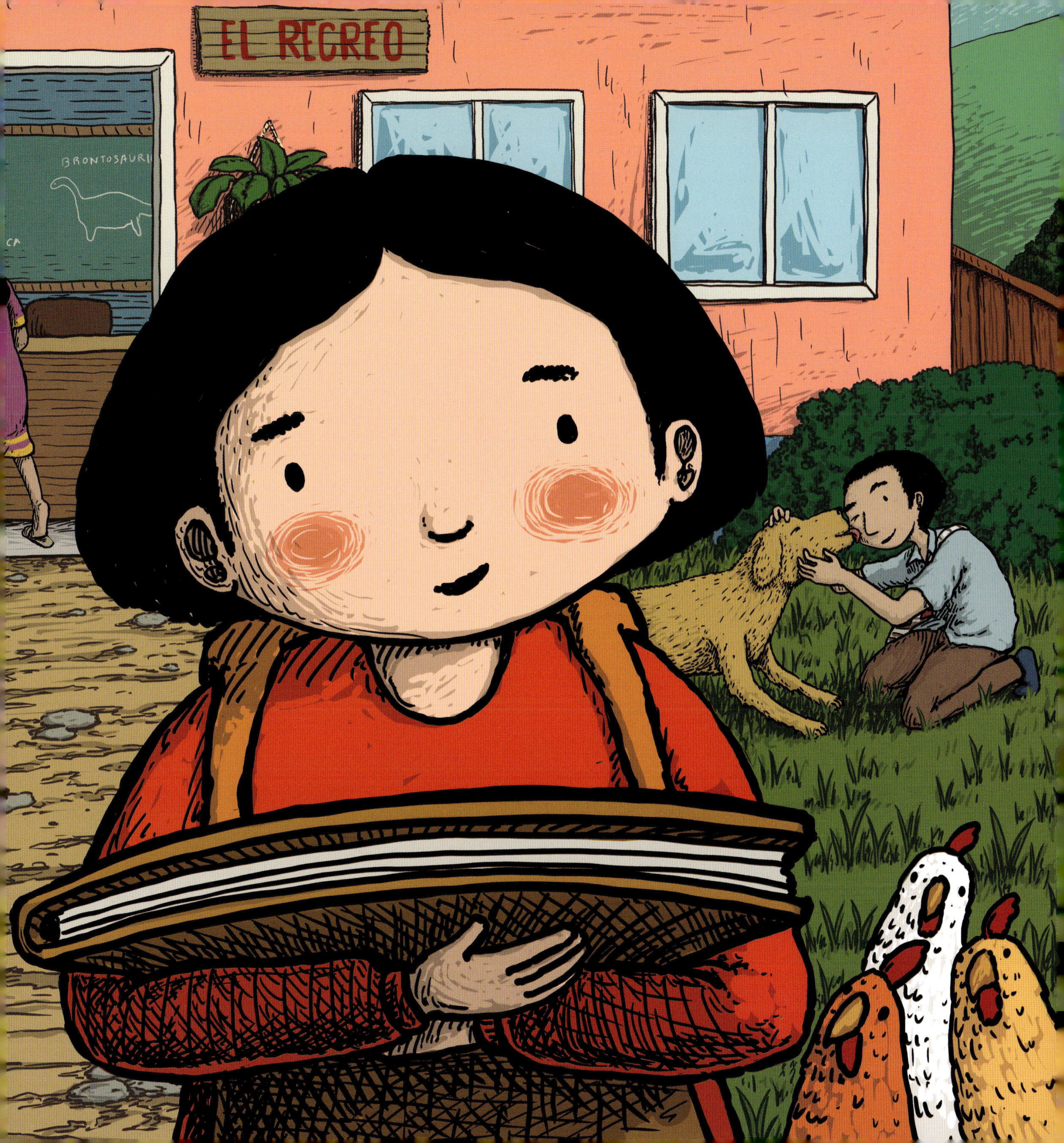
EL RECREO

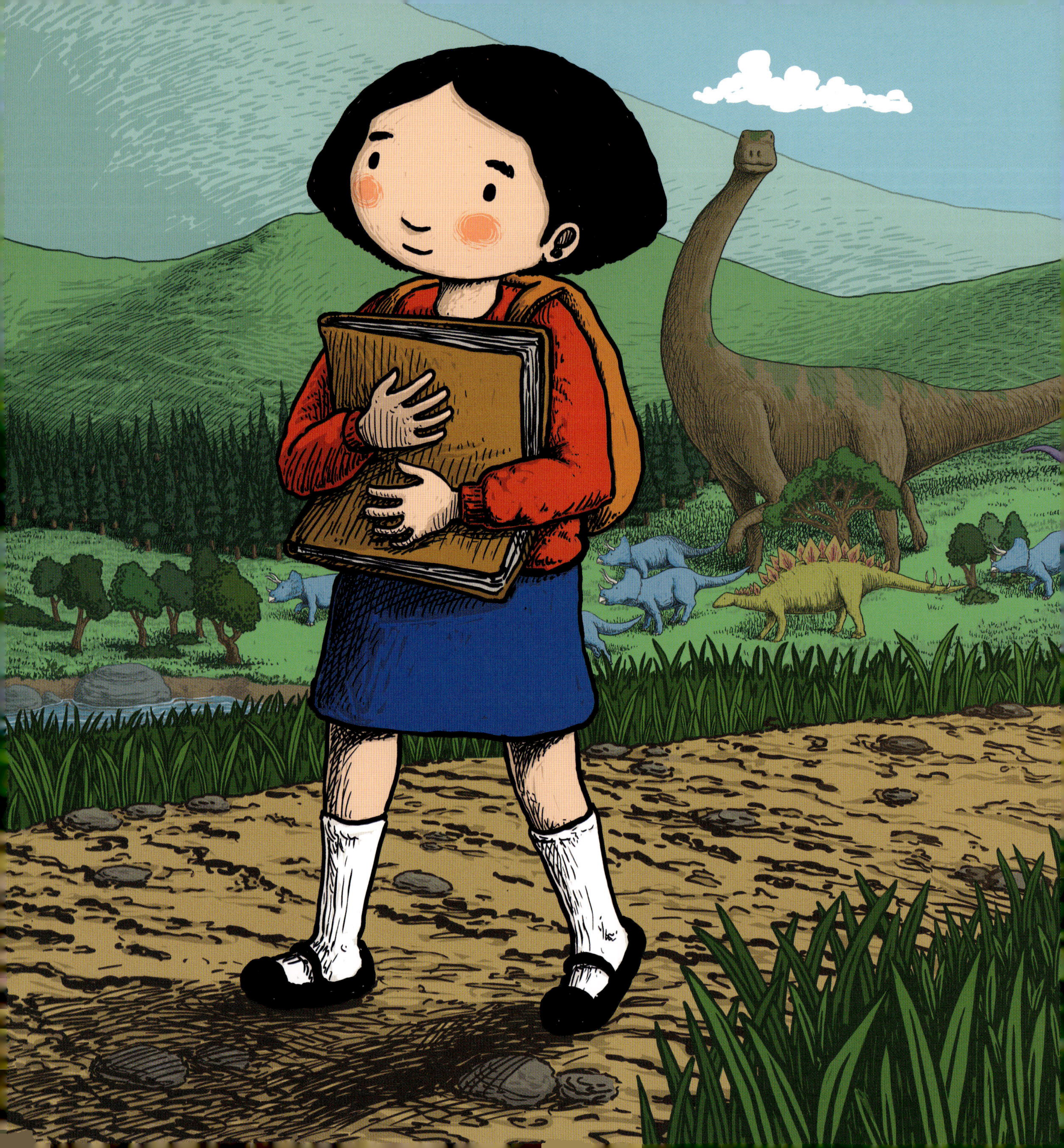

Por el camino miro hacia atrás y veo mi escuela.
Mi escuela no tiene casi nada. Un pizarrón, unas sillas.

Y tiene una maestra y un Brontosaurio, tan grande como una montaña.

Para mis sobrinos y sobrinas de quienes aprendo todo los días —R.Y.

Texto © 2022 de Jairo Buitrago
Ilustraciones © 2022 de Rafael Yockteng

23 24 25 26 27 6 5 4 3 2

Todos los derechos reservados. Ninguna parte de este libro puede ser reproducida, almacenada en un sistema de recuperación o transmitida en cualquier medio sin el consentimiento previo del escritor, del editor o de una licencia de The Canadian Copyright Licensing Agency (Access Copyright). Para obtener una licencia de Access Copyright, visite accescopyright.ca o llame de forma gratuita a 1-800898-5777.

Aldana Libros / Greystone Books Ltd.
greystonebooks.com

Catalogación de datos disponibles en la Library and Archives Canada
ISBN 978-1-77164-954-4 (tela)
ISBN 978-1-77164-955-1 (epub)

Diseño de sobrecubierta y textos por Sara Gillingham Studio.
Impreso y encuadernado en China en papel certificado FSC® en Shenzhen Reliance Printing. La etiqueta FSC® significa que los materiales utilizados para el producto se obtuvieron de manera responsable. Las ilustraciones de este libro fueron realizadas digitalmente.

Greystone Books agradece al Canada Council for the Arts, al British Columbia Arts Council, al Province of British Columbia a través del Crédito tributario por publicación de libros y al gobierno de Canadá por apoyar nuestras actividades editoriales.

Greystone Books agradece a los pueblos xʷməθkʷəy̓əm (Musqueam), Sḵwx̱wú7mesh (Squamish) y səlilwətaɬ (Tsleil-Waututh) en cuya tierra se encuentra nuestra oficina.